AF371115

VENTE DU MERCREDI 20 AVRIL 1910

HOTEL DROUOT, SALLE N° 1

A DEUX HEURES

OBJETS D'ART

ET D'AMEUBLEMENT

PORCELAINES, FAIENCES, BRONZES

Tableaux, Dessins, Gravures

OBJETS VARIÉS — SCULPTURES — LIVRES

MEUBLES

Mobilier de salon couvert en tapisserie d'Aubusson, style Louis XVI

ÉTOFFES, TAPIS

EXPOSITION PUBLIQUE

Le Mardi 19 Avril 1910, de 2 heures à 5 h. 1/2

COMMISSAIRE-PRISEUR

Me **HENRI BAUDOIN**, *Successeur de M. PAUL CHEVALLIER*
10, rue de la Grange-Batelière

EXPERTS

M. A. BLOCHE	M. A. DUREL
21, boulevard Haussmann	21, rue de l'Ancienne-Comédie

CONDITIONS DE LA VENTE

Elle sera faite au comptant.

Les adjudicataires paieront *dix pour cent* en sus des enchères.

Paris. — Imp. de l'Art. Ch. Berger, 41, rue de la Victoire.

DÉSIGNATION

LIVRES

1 — **Arioste.** Roland furieux, poème héroïque, traduit par A., J. Du Pays, et illustré par Gustave Doré. *Paris, Hachette et Cie*, 1879, in-fol., nombr. fig. dans le texte et pl. hors texte. Dans le cartonnage de l'éditeur.

2 — **Art** (L'). Revue hebdomadaire illustrée. *Paris*, 1875-1904, 63 vol. in-fol. et in-4°. Eaux-fortes et figures, demi-rel., dos et coins de mar. rouge, têtes dor., non rog.

> Collection complète. On y joint : Courrier de l'Art., 1881-1890, 9 vol. gr. in-8°, demi-rel., chag vert.

3 — **Bible.** L'Histoire de Joseph, traduite par Lemaistre de Sacy, dessins de Bida. *Paris, Hachette et Cie*, 1878, gr. in-fol. Dans le cartonnage de l'éditeur.

4 — **Bible**. Le Livre de Ruth, traduit par Lemaistre de Sacy, dessins de Bida. *Paris, Hachette et Cie*, 1876, gr. in-fol. Dans le cartonnage de l'éditeur.

5 — **Bible**. L'Histoire de Tobie, traduite par Lemaistre de Sacy, dessins de Bida. *Paris, Hachette et Cie*, 1880, gr. in-fol. Dans le cartonnage de l'éditeur.

6 — **Bible**. Le Cantique des Cantiques, traduit de l'hébreu, par Ernest Renan, avec 25 eaux-fortes d'Edmond Hédouin et d'Émile Boilvin, d'après les dessins de Bida. *Paris, Hachette et Cie*, 1886, in-fol., pap. vél., titre r. et n. Dans le cartonnage de l'éditeur.

7 — **Chennevières** (H. de). Les Dessins du Louvre, ouvrage illustré de 330 dessins reproduits par le procédé de photogravure Gillot, imprimés en couleur, notices biographiques par H. de Chennevières, lettres ornées de Grasset. *Paris, Baschet, Ch. Gillot*, s. d., 4 vol. gr. in-4° en trois portefeuilles.

8 — **Coleridge** (Sam.). La Chanson du Vieux Marin, trad. par A. Barbier, et illustrée par G. Doré. *Paris, Hachette et Cie*, 1877, in-fol. Cartonnage de l'éditeur.

9 — **Duruy** (V. Histoire des Grecs depuis les temps les plus reculés jusqu'à la réduction de la Grèce en province romaine. Nouvelle édit., revue, augmentée et enrichie d'environ 2.000 gravures dessinées d'après l'antique et 5o cartes ou plans. *Paris, Hachette et C*[ie]. 1887-1889, 3 vol. gr. in-8, demi-rel., dos et coins de maroq. vert, têtes dor. non rog.

10 — **Duruy** (V.). Histoire des Romains, depuis les temps les plus reculés jusqu'à l'invasion des Barbares. Nouvelle édition, revue, augmentée et enrichie d'environ 3.000 gravures en noir et en couleurs dessinées d'après l'antique et de 100 cartes ou plans. *Paris, Hachette et C*[ie], 1879-1885, 7 vol. gr. in-8, demi-rel., dos et coins de maroq. rouge, têtes dor. non rog.

11 — **Gœthe**. Faust, tragédie. Traduction de J. Porchat, revue par B. Lévy. Illustré de 13 gravures sur acier et 5o gravures sur bois, d'après les dessins de Liezen Mayer, ornements, têtes de page et culs-de-lampe, par R. Steitz. *Paris, Hachette et C*[ie], 1878, in-fol., titre r. et n., texte encadré de fil. rouges. Cartonnage de l'éditeur.

12 — **Geffroy** (Gustave). Constantin Guys, l'his-
torien du Second Empire. Gravures sur bois
de Tony et Jacques Beltrand, d'après les
aquarelles et dessins de l'artiste. *Paris, pu-
blié par les soins de Paul Gallimard (Evreux,
imprim. Hérissey)*, 1904, in-4°, br., couv.
illustrée.

13 — **Mantz** (Paul). François Boucher, Le-
moyne et Natoire. *Paris, A. Quantin, 1880*,
gr. in-fol. Cartonnage de l'éditeur.

14 — **Mérimée** (Prosper). Colomba. Soixante-
trois compositions originales de Daniel
Vierge, gravées sur bois par Noël et Paillard.
Préface de Maurice Tourneux. *L. Conquet,
L. Carteret et C*[ie], 1904, gr. in-8°, br., couv.
illustr. en coul.

> L'un des **50** exemplaires de grand luxe tirés
> sur **papier du Japon** contenant le tirage à part
> de tous les bois.

15 — **Prud'hon** (P.-P.). L'Œuvre de P.-P.
Prud'hon, d'après les dessins originaux.
Paris, Fabré, s. d., album in-4°, en feuilles.
Dans un carton.

> 48 lithographies tirées sur papier de Chine
> collé.

16 — **Les Saints Évangiles**, traduction tirée des œuvres de Bossuet, par H. Wallon, enrichie de 128 grandes compositions gravées à l'eau-forte, d'après les dessins originaux de Bida, par Mme Henriette Browne et MM. Bida, Edm. Hédouin, Léop. Flameng, Célestin Nanteuil, etc., 290 titres ornés, têtes de chapitre, culs-de-lampe, lettrines, gravés sur acier par L. Gaucherel, d'après les dessins de Ch. Rossigneux. *Paris, Hachette et* Cie, 1873, 2 vol. gr. in-fol., titre n. et r., encadrem. de fil. r., mar. grenat, fil à froid, tr. dor. (*R. Petit*).

17 — **Thierry** (A.). Les Récits des temps mérovingiens, 42 dessins de Jean-Paul Laurens, reproduits par les procédés de MM. Goupil et Cie. *Paris, Hachette et* Cie, 1881, 7 fasc., gr. in-fol., en cartons.

L'un des exemplaires sur papier de Hollande (n° 104).

GRAVURES, TABLEAUX

18 — Lot de gravures en noir et en couleur.
(Sera divisé.)

19 — Soixante-sept gravures françaises et anglaises, en noir et en couleur. (Sera divisé.)

20 — Trois gravures : Jupiter et Léda, l'Exemple d'humanité, la Leçon de flûte.

21 — Vingt-cinq gravures : collection de divers sujets de vases, tombeaux, ruines et fontaines, gravés par Le Jeay *Paris*, *1770*.

22 — Debucourt (D'après). L'École en désordre, La Récréation. Deux gravures.

23 — Six gravures de sport.

24 — Perronneau (Genre de). Portrait d'un artiste. Pastel.

25 — Bonheur (Rosa). Six dessins au crayon dans un même cadre.

26 — A. B. Renard attaqué par un serpent. Toile.

27 — Neuf pièces : tableaux, panneaux décoratifs, photographies. (Sera divisé.)

BRONZES

28 — Six pièces en cuivre : Chien, presse-papier, encrier, flambeaux et porte-allumettes.

29 — Groupe en composition, signé *Wolff* : la Chasse au sanglier.

3o — Groupe en composition : Cheval et chien.

31 — Statuette en galvano : Femme soufflant de la trompe.

32 — Groupe en bronze, par MADRASSI : Adolescent portant une jeune fille.

33 — Statuette en bronze : Paysan jouant du violon.

34 — Statuette en bronze, par CARRIER-BELLEUSE : Jeune femme jouant de la guitare.

35 — Groupe en composition : Nymphe et Amour. Signé : *Moser*.

36 — Statuette en bronze, par MERCIÉ : David vainqueur de Goliath.

37 — Statuette en bronze : la Poésie sous les traits d'une femme laurée et portant des ailes.

38 — Statuette en bronze : Vénus, par ALLE-GRAIN.

39 — Pendule et deux candélabres en cuivre, à décor de bustes de femmes ailées.

40 — Jardinière en cuivre poli et ajouré.

41 — Deux candélabres en bronze à cinq lumières, décor de rocailles.

42 — Pendule en bronze, ornée d'une statuette d'amour.

43 — Pendule en marbre blanc, en forme de colonne cannelée, surmontée d'une statuette de femme lisant en bronze doré.

44 — Pendule Louis XIV en marqueterie de cuivre sur fond d'écaille, ornée de bronzes.

45 — Grand lustre à gaz en dinanderie.

46 — Grand lustre en bronze.

OBJETS VARIÉS
CÉRAMIQUE, SCULPTURES

47 — Deux groupes en bois sculpté : Chamois.

48 — Statuette en biscuit : le Tireur d'épines.

49 — Deux statuettes de Japonais en céramique.

50 — Deux vases en céramique vert mousse, à mufles de lions et guirlandes.

51 — Deux plats en céramique : Guerriers et armoiries.

52 — Jardinière en céramique décorée.

53-54 — Dix miniatures : Portraits et pastorale. (Seront divisées.)

55 — Quatre porte-assiettes en plomb. Style Louis XVI.

56 — Médaillon en marbre blanc, signé : *Pfeffer* : Jeune femme en buste.

57 — Vase forme Médicis en albâtre.

58 — Statuette en terre cuite : Vénus et l'Amour.

59 — Buste d'adolescent en plâtre.

60 — Buste en marbre blanc : Jeune femme portant une couronne et un voile.

61 — Statuette en marbre blanc, signée : *O. Ducini* : Vénus accroupie.

62 — Trois colonnettes en marbre noir.

SIÈGES ET MEUBLES

63 — Ameublement de salon, composé d'un canapé et quatre fauteuils en bois sculpté et rechampis de gris, dessin à feuilles d'acanthe, guirlandes, perlés et feuillages, pieds cannelés, couvert en fine tapisserie d'Aubusson, fond crème, représentant, suspendues à des nœuds de ruban, des corbeilles remplies de roses au milieu de rinceaux feuillagés et fleuris; encadrement fond brun à fleurs et feuillages. Style Louis XVI.

64 — Chaise longue Louis XVI en noyer sculpté, recouverte en velours jaune.

65 — Deux canapés Louis XVI en bois doré, recouverts en lampas de couleur.

66 — Lit Louis XVI en bois sculpté peint noir.

67 — Grande cheminée Renaissance en noyer,
avec marbre incrusté.

68 — Grande bibliothèque en bois noir, ouvrant
à trois portes à glace avec miroir intérieur
et cartonnier.

69 — Petite table, de style Louis XV, en bois
de placage, ornée de bronzes.

70 — Grande glace ovale, à cadre orné de feuillages, oiseaux et amours.

71 — Bergère en bois peint gris, style Louis XVI,
couverte en velours rayé jaune.

72 — Marquise de même style et couverte de
même étoffe.

73 — Canapé cintré et deux fauteuils en bois
peint gris, style Louis XVI, couverts en velours rose frappé a médaillons.

74 — Piano droit de Pleyel.

75 — Enveloppe de cheminée en bois sculpté.

76 — Glace, avec cadre en forme de portique en
bois sculpté et partiellement doré.

77 — Encadrement en bois incrusté de nacre, de
style oriental.

78 — Dessus de cheminée en bois sculpté à colonnes torses, contenant une peinture : Portrait de femme.

79 — Enveloppe de cheminée en damas rouge
et velours.

80 — Marquise en bois doré, style Louis XVI,
couverte en soie brochée à fleurettes.

81 — Canapé et deux chaises, couverts en imitation de tapisserie.

82 — Deux tables de salon en bois doré.

83 — Table de salon en bois doré, à pieds cam-
brés et ornée de plaques de porcelaine.

84 — Buffet à deux corps en chêne sculpté.

85 — Table de salle à manger en bois sculpté.

86 — Desserte-étagère en chêne sculpté.

87 — Bahut en chêne sculpté, ouvrant à une
porte ornée d'une tête de lion et de deux
colonnes torses.

88 — Bois de chaise, de style Louis XVI, en bois peint gris.

89 — Meuble d'entre-deux, ouvrant à deux portes, en acajou et bois de placage, et orné de bronzes.

90 — Table rectangulaire en acajou et bois de placage, ornée de bronzes, dessus de marbre.

91 — Tricoteuse en acajou et bronzes.

92 — Chaise longue en trois parties en bois doré, style Louis XVI, couverte en soie brochée à fleurs, et rayures vertes.

93 — Support-trépied en bois sculpté.

94 — Support-colonne en bois noir.

95 — Table gigogne en marqueterie de bois.

96 — Deux supports colonnettes en bois peint blanc.

97 — Deux grandes glaces, à cadres en chêne sculpté.

98 — Trois étagères-appliques variées.

99 — Deux porte-assiettes en bois sculpté.

100 — Chaise légère en bois doré, cannée.

101 — Grand fauteuil en bois sculpté, couvert en imitation de tapisserie.

ÉTOFFES, TAPIS

102 — Lot de franges et galons.

103 — Cinq morceaux toile brodée, bleue.

104 — Treize pièces, étoffes orientales et autres.

105 — Environ vingt pièces soie brochée, velours, satin, etc.

106 — Tapis de table en satin rouge, à broderie jaune.

107 — Chasuble en soie bleue brochée à fleurs.

108 — Sept écussons brodés.

109 — Couvre-lit en guipure.

110 — Couvre-lit en satin bleu, à broderies métalliques.

111 — Cinq panneaux en imitation de tapisserie,
à personnages et sujets de chasse.

112 à 114 — Sept tapis ou carpettes.

115 — Grand tapis, fond rouge, bordure à fond
bleu.

116 — Carpette d'Orient, fond bleu, à trois motifs octogonaux.

117 — Grande carpette d'Orient, dessin poly-
chrome.

118 — Petite carpette d'Orient, dessin multico-
lore.

119 — Carpette d'Orient, dessin varié.

120 — Grand tapis de Smyrne, fond rouge, dessin à fleurs.

Long., 5 m. 30 cent.; larg., 4 m. 25 cent.

121 — Tapis ancien de Feharan, fond bleu, dessin à médaillon, fond vert.

122 — Tapis ancien de Feharan, dessin poly-
chrome; bordure fond vert.

123 — Tapis ancien d'Anatolie, dessin à motifs
variés.

124 — Tapis ancien de Feharan, dessin à fleurs;
bordure fond vert.

Long., 3 m. 50 cent.; larg., 2 m. 10 cent.

125 — Tapis ancien à double face, dessin ar-
chaïque

126 — Objets omis.

MIRE ISO N° 1
NF Z 43-007
AFNOR
Cedex 7 - 92080 PARIS-LA-DEFENSE

graphicom

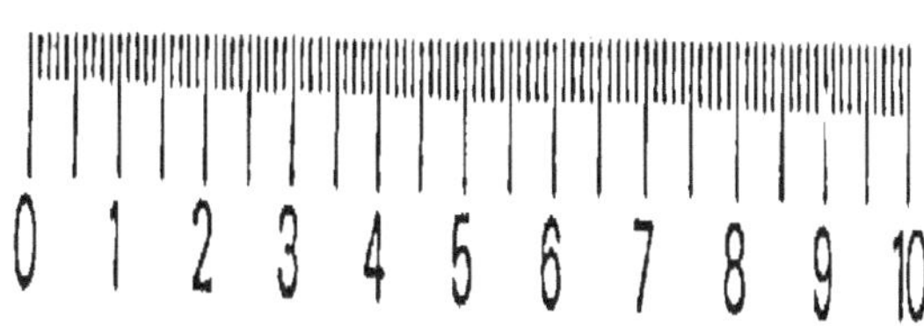

BIBLIOTHEQUE NATIONALE DE FRANCE

****

CHATEAU DE SABLE

1996